# Dice
## que dicen
## Que dijo...

# nicanitasantiago

LIBROS PARA CHICOS ▪ BOOKS FOR CHILDREN

© Hardenville S.A.
Andes 1365, Esc. 310
Edificio Torre de la Independencia
Montevideo, Uruguay

ISBN 9974-7799-9-5

Impreso en Hong Kong · Printed in Hong Kong

# Dice que dicen, Que dijo...

Textos

Loti Scagliotti

Ilustraciones

Loti Scagliotti
Andrea Rodríguez Vidal

Diseño

www.janttiortiz.com

Dicen que este cuento empezó
cuando Teresa le dijo a su hijo
en la mesa:

"Ve a buscar a Tomás y dile
que venga a ayudar a sacar
el ratón que está allí atrás".

Juan llegó a la casa de Tomás
y, como no lo encontró, dicen que le dijo
a su hermana Roxana

que su mamá había encontrado
un ratón comiendo una manzana
en un cajón.

Sin preguntar nada más, la hermana
de Tomás salió a la calle y gritó:
"¡Hay un ratón escondido en un rincón!"

Y cuando Cristina,
          la vecina de la esquina, la oyó,
la noticia a Patricia le contó:

"Hay un ratón en el pueblo que asusta
          a la gente de buen corazón".

Dicen que sin malicia dijo Patricia
a su tía María: "¿Sabes, tía, que pasó?
Había un ratón en el pueblo
y ahora parece que
son un montón".

La tía, desesperada,
llamó a la policía
y dicen que dijo

que ratones
había a montones
y que los traían
los ladrones.

El sargento,
al momento,
dio una orden
diciendo:
"¡Hay que encontrar
al ladrón de
esta población!"

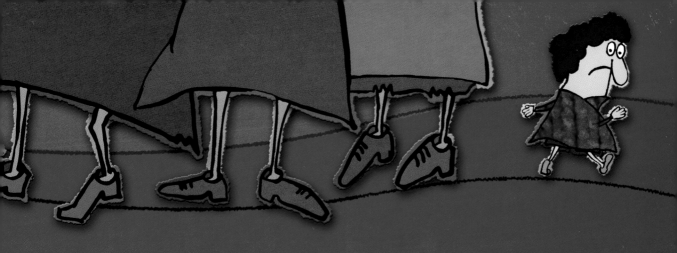

Obediente, salió el teniente
a interrogar a la gente,
comenzando por Agustín, que estaba
en su jardín.
"¿Vio algo raro?" preguntó.

Dicen que Agustín dijo al teniente:
"¡Veloz y sigilosamente,
alguien huye detrás
de ese grupo de gente!"

Pero tanto, tanto gritó
que al agente aturdió,
y distante, allá a lo lejos,
hasta Julián la escuchó.

Detener al ladrón quiso Julián,
   pero sin fortuna, porque al resbalar,
apenas alcanzó a rozar
   el talón del malhechor, quien dicen que dijo:

"Yo me voy de este lugar
   porque tengo que llegar".
Y, aprovechando la ocasión,
   a la casa de Teresa corrió y corrió.

Allí, por fin,
lo interceptó la policía
y una multitud enardecida
decía: "¡Cárcel y castigo
para ese forajido!"

El forajido, muy afligido,
enfrentó a los pobladores
diciendo sin más ni más:
"Amigos, soy Tomás,
y el ratón de la casa de Teresa
he venido a sacar".

Con risas y carcajadas,
toda la aldea
la confusión festejaba.

Felices de que no existieran
ni ratones ni ladrones,
aunque se diga que dicen
que dijo el cartero
que al ratón le ha llegado una carta
de su amor verdadero.

## COLECCIÓN CUENTOS ¿QUÉ DICEN, QUÉ DIJO?

Con este simple relato, a través del absurdo y el humor, he querido invitar a los niños a que observen conmigo dos problemas. Uno, es el dilema de los miedos como producto exclusivo de nuestra imaginación y no de los acontecimentos reales. Y el otro, trata las dificultades que puede generar la información cuando su contenido se interpreta de diferentes maneras a medida que va adquiriendo difusión.

Los hechos que alarman a las personas muchas veces no coinciden con los sucesos de la realidad, sino que se gestan en la mente de cada uno. ¡Cuántas veces hemos vivido cosas dramáticas en nuestro pensamiento que jamás ocurrieron de verdad! Esa sensación de angustia y temor, creada por nuestra mente confundida, es la preocupación que desearía mitigar en los niños que lean este cuento junto a sus mayores.

Roxana, Patricia, Cristina, Agustín, el sargento y los demás personajes son portavoces de cierta información que se va deformando a partir de un juego de enredos y subjetividades que impacta de diferente manera en cada individuo y afecta directamente los acontecimientos de todos los días. De esta manera, podemos considerar que no toda la información nos sirve y mucho menos que es capaz de definir nuestra vida.

LOTI SCAGLIOTTI

REALIZADO CON EL MÁXIMO DESEO
DE QUE AL LEER ESTE CUENTO
EL NIÑO QUE TIENES A TU LADO HAYA VIVIDO UN MOMENTO DE AMOR.

# nicanitasantiago
LIBROS PARA CHICOS ▪ BOOKS FOR CHILDREN